女人隨筆

君靈鈴、曼殊 合著

天空數位圖書出版

Contents 目錄

珍惜或遠離

文：君靈鈴

　　人要遇上知音並不容易，更甚者還很容易遭受到他人因為忌妒或其他原因的攻擊。

　　這種情況讓人無言也讓人生氣，但不管是什麼反應，都無法遏止這樣的情況一而再再而三的發生。

　　很多人會選擇隱忍，心想著反正忍一下就過去了，聽到了就當沒聽到，反正也不會少一塊肉。

　　是，是不會少一塊肉，但心裡總是不舒服的，而且這種不舒服可能會持續很久很久，有的心靈力不夠強大的人還會因此感到抑鬱不快，表面上裝著不在意但實質上可能會憂鬱好久好久，甚至懷疑起自己。

　　但嘴巴長在別人身上，誰要說什麼我們是管不著，但我們有選擇的權力，選擇讓那些人繼續留在身邊那些人則是得徹底遠離。

　　或許在公事上有些接觸無法避免，但至少在職場外可以不必與那些不需要深交的人來往，畢竟他們都只用自己的角度看世界，這類自以為是的人大多都不會是可以深交的好對象，因為他們永遠不會想去了解眼前正跟他交談的這個人，只是用自己的方式闡述任何事，用強勢的態度杜絕一切雜音，所以千萬別去期待他們會想理解任何人，他們唯一想在意的人只有自己而已。

　　所以，既然不可能在思想上有交集，何必絞盡腦汁委屈自己跟這種人繼續相交下去？

　　這類永遠不想去懂別人只以自己為主的人，很自然身邊的人會一個個遠離，這一點倒是不用替他們擔心。

　　因為人與人之間的相處是需要互相了解包容，且觀念上可以互通溝通才能長久，否則就會像兩條平行線，若是勉強要讓這兩條線交會也是徒勞無功多此一舉而已。

　　不過，如果遇上知音可就不同了，不僅可以好好說話而且說起話來一點都不累，只要一個眼神一句簡短的話對方就可以全盤理解，在需要傾聽的時候不插嘴，在需要提意見的時候給予最有效的建言，這樣的人才是我們身邊需要的夥伴，也就是所謂的知己。

　　雖然真的不是很容易遇到，但只要遇上了那股通體舒暢的感覺，真的只有遇過的人才懂。

　　所以，既知知己難尋，那遇上了就該珍惜別輕易放對方走，別因為對方能理解且感情很好就因為一些雞毛蒜皮的小事跟對方嘔氣起爭執，讓一段好好的情感變質。

　　這樣的情況適用在很多種情感上，只要是懂你的人就該被珍惜而不是踐踏對方的心意到最後才後悔莫及，仗著對方夠了

解自己以為對方不會在意，如果因此而失去對方，那就做什麼也來不及了！

回頭，是對還是錯？

文：君靈鈴

　　破鏡重圓不一定是件壞事或是一件讓人厭惡到極點完全不想處理的事，不過前提還是得想想當初鏡子是怎麼破的？

　　這個理由很重要，也是拿來判斷兩人該不該再次試著重來一回的癥結點之一。

　　當然，這不是絕對但有一定的參考性，雖然很多人都會嘴硬說……

　　「老娘又不是沒行情，何必再吃回頭草？」

　　又或者是……

　　「再試一次結果還不都一樣，何必呢？」

　　「當初死命留他他還是走了，現在他要回來我為何要答應？」

　　總之說法很多，但不可諱言有很多人在說上述這些話時其實是言不由衷的，畢竟當初深深愛過，分手時鐵定是受到重擊的狀態，現在到底還愛不愛可能自己也不是很清楚，面對對方的回頭心裡說不複雜肯定是假的。

　　但真要破鏡重圓合適嗎？

　　合不合適其實還是得分情況的，有的可以有的就真的別再陷進去了，要不只是再受傷一次而已。

　　例如當初是因為對方控制慾強有「恐怖情人」傾向、「無理由」丟分手炸彈、對方「出軌」或是當初說出「可笑又污辱人」的理由談分手，更甚者是當初斬釘截鐵說不愛了，這些情況都不怎麼適合再復合。

　　因為恐怖情人很可能到最後會關係到生命安全問題，而無理由或出軌或說著糟蹋人的話提分手就代表這個人說話只想著自己不去替他人著想，該好好處理的事卻懶得去想該怎麼妥善處理只想著趕快解決麻煩好讓自己脫身，面對這樣的人如果重來一次或許下次會被傷的更深也說不定。

　　試想，當初對方都已經把場面搞得那麼難看難堪，現在又突然回頭說還愛著，這邏輯合理嗎？

　　或許有人會說，愛情有時候就是沒邏輯，這倒也是，但只要感覺不對了就尋個爛理由爛方法說要分手，這種人可不在邏輯內，反而讓人覺得厭惡且匪夷所思。

　　對這樣的人而言好像說愛很容易，說不愛好像也很輕鬆，那他現在又說愛可什麼時候又不愛了，誰知道呢？

　　不過如果當初分開的理由是「個性不合」、「對未來沒有共識」、「小誤會小衝突衝動分手」、「長輩反對」等等諸如此類的問題，是否要復合倒是個值得深思的問題。

　　因為有可能當年兩人心智都還不夠成熟，思考的層面都還不夠周全，年少輕狂的歲月誰都有，如果大家都成熟了成長了，也對彼此都還有感覺，那麼復合也不是不可，只是在復合前應該好好溝通深談一番，要不又只是重蹈覆轍而已。

　　復合到底是件好事壞事是件自由心證的事，不是當事者無法感受到當事人內心的猶豫及掙扎，只是不管復不復合，多方思考肯定是必須的，同樣的事衝動一次就夠了，再來一次實在是沒有意義也不需要。

天　秤

文：君靈鈴

很多人都說以前是男尊女卑的社會型態但現在似乎有慢慢改變的趨勢，畢竟由女性主導一切的情況越來越多，也難怪會有這樣的說法。

但在愛情中，其實不管是男尊女卑還是女尊男卑都不算是一個最佳狀態，因為愛情其實就像一個天秤，如果一直朝一方傾斜找不到平衡點，這樣的失衡情況久了就會出現問題。

或許有人會說，只要一方一直甘之如飴那這個說法就不算成立了不是嗎？

是的，但不能概括而論，畢竟一個人可以忍受另一個人到極致這種情況並不多見，每個人忍耐度都不同，有句話叫「孰可忍孰不可忍」，當一個什麼都能忍的人被逼到不想忍了，後果其實是不堪設想的，也會是到最後這段戀情徹底毀滅的主因。

畢竟渴望被愛或想沉溺於愛人之中這兩種感覺很常是我們追求的目標，但人總是貪心且不知足的，明明被深愛著但總覺得還不夠，明明說自己只要能愛著對方能跟對方在一起就好，但實際上時間久了卻開始怨懟起對方為何總是不給回應，這樣的情況其實並不少見。

所以，如果雙方之中那個天秤是否能達到平衡就變得很重要了。

　　所謂的愛應是雙向流通且平等的，他高她低或她高他低都不是一種好現象，因為熱戀情再長總會有結束的一天，而如果想跟對方長長久久走下去，在熱戀期結束後需要研習的課題可能比想像中還要多且複雜。

　　首先，請找出跟對方相處起來最舒適的方式吧，非是無條件配合而是去尋到兩人都覺得合適的方式，再者真正去了解對方的優缺點也正視自己的優缺點，別只想看見美好卻不重視陰暗面，因為如果忽視陰暗面說不準到最後就是這陰暗的一面讓這段戀情破局。

　　還有或許愛情會使人盲目，但真的請別讓自己變得白目，白目人人討厭，只有互相理解、包容、體諒才能走向長長久久這條路。

　　所以，雖然可能有點困難，但還是要找出兩人之間那個愛情天秤最佳的平衡點，因為這個平衡度一旦失衡，可能爭吵、衝突、分離也接著到來。

　　很多事可大可小，有些事必須溝通，有些事需要互相尊重，有些事必須替對方著想，有些事必須各退一步，收起什麼都理所當然的態度談戀愛，這個戀情才有可能走向最後，要不失敗也是可預見的情況，不可不防。

該路過就路過

文：君靈鈴

　　還記得有個朋友說她花了整整五年才真正走出情傷，讓自己真正願意再接納他人，而已然放下的她當時說了一段自嘲的話，那就是「早知道當初當個過路人就好，何必與他糾纏那麼些年，最後又自困那麼多年」。

　　千金難買早知道，這件是很多人都明白，但真能擺脫「早知道」這個輪迴的人其實是少之又少，畢竟我們無法預知未來，不知道後頭會發生什麼事，不過很多事在真正發生前其實有著徵兆，但看人們要不要去在意及注意而已。

　　在愛情中，很多人都是盲目的，尤其是在曖昧期更是讓人心花怒放心癢難耐，恨不得兩人趕緊說開了然後每天跟對方膩在一起。

　　然後接下來的熱戀期就更不用說了，每天內心簡直是舉國歡騰覺得全國上下都該同慶，什麼甜膩死人的話都能說得出口聽得進去。

　　但其實在這兩個時期大約就是最盲目的時刻，看不見對方的壞只看的見對方的好，而就算真被人當面指正還會忙著找理由替對方辯駁，因為在此時此刻，對方就是自己心中最完美的人，任何異議都是聽不進去的。

　　而當然，如果到最後結果是完美的，那一切都好，但如果結果不好那大抵什麼情緒都來了，自怨自艾自憐自嘲只是基本，

怨天怨地怨人怨他也只是常態，因為情不在了只剩傷痕，誰受得了？

　　但受不了還是得試著走出來，所以稍微冷靜下來之後就開始思考，到底是哪裡出了問題？又或者說是在哪個階段出了問題？

　　可說真的，會有問題很可能在一開始就有徵兆，只是看自己願不願意面對而已，或許有人會說，當愛情來臨真的會有如瞎了眼般盲目，這個論點基本上是對的，但當濃烈的感覺慢慢消散，隨之而來的是兩人是否真能攜手一起走下去這個時刻來臨時，還真得要把盲目拋開，因為接下來要談論的可是一輩子的問題。

　　勉強是不需要的，遷就也成有待商議，但人心的執著在這個時刻通常都會發揮它最大功效，所以很多人明明就知道已經走不下去了，卻還不知道在堅持什麼。

　　有時候，到了該選擇路過的時候就路過吧，每個人都是珍貴且獨一無二的，而幸福也不是強拉著不放就會來臨，只是讓自己更受傷而已。

別只是聽他「說」愛

文：君靈鈴

　　「光說不練」這個成語說實話其實滿討人厭的，但它卻常常出現在生活各個層面，而且不諱言應該大多數人都曾經施行過這四個字，因為說比作容易，偶爾吹吹牛應該也無傷大雅，至少某些人是這樣認為的。

　　但如果把光說不練這四個字放入愛情這杯飲品中，那事情可能就不是用無傷大雅就可以掩蓋過去的了。

　　不過首先還是得先認清自己現階段想要的伴侶只是階段性又或者是尋找的是一輩子的依靠，這兩者的差別在於如果還沒想要定下來，那麼雙方成天都甜言蜜語大話連篇你儂我儂纏綿繾綣也無妨，說白話一點就是雙方只是在享受戀愛的感覺，這時候說出什麼偉大的承諾倒是不怎麼重要，因為只是想談戀愛不是嗎？

　　反之，如果想找的對象或是已經在一起的對象是打算過一輩子的，那麼對方的光說不練在這段感情中就成為了一種不安定感。

　　這是為什麼呢？

　　因為他只會說卻不願意去施行啊！

　　一個成天空口說白話的人如何能依靠？

　　他可能說著愛妳，但實際上他愛不愛自己也不確定。

　　他可能說著自己有遠大的志向，但實際上他卻無所事事或成天只想偷懶不求上進。

　　他可能陪妳一起規劃未來，但實際上跟他提要存下未來基金時卻推託再三。

　　在他的世界裡，說很容易，他也很願意說，說的再天花亂墜他都可以配合，但要他付諸行動他卻猶豫了，因為說歸說，他其實不相信自己能做到或是根本不想去做。

　　這就是兩人之間的差距了，妳規劃著未來夢想著有個幸福的家庭，但他卻不是跟妳站在同一個出發點，而是距離妳很遠，看著妳描繪的未來然後隨意點頭附和，從沒有想過妳的認真與付出是真心的，只繼續過他自己想過的日子，口無遮攔繼續說著不真實的話語。

　　「說」真的很容易，所謂的山盟海誓海枯石爛如果只用嘴巴說就能成真，那一百個人裡總有九十個可以無條件配合說出口，但很多人都沒想過，所謂的承諾絕不是口頭上說說即可，承諾背後包含的意義絕不是表面上看起來那般容易。

　　只是說誰不會，重要的是他真正的心意是什麼，如果遇上只會說卻從來不願意對等付出的人，說實話真沒什麼好留戀的。

　　妳想要一輩子，他卻只想耍嘴皮，這樣的愛真是愛嗎？

說說而已

文：君靈鈴

　　某天，一個閨蜜打電話來相約，結果到約定那天見到她本人卻發現她看起來有點憔悴，整個人很沒精神不說，連眼神都毫無光彩。

　　「怎麼了？」

　　既然是好友我也不囉嗦，在餐廳找好位置坐下並點好餐之後便開口問她。

　　「其實也沒什麼，我只是不懂為什麼有人只喜歡說說而已。」她一臉無奈，垂頭喪氣。

　　「妳說的人是妳男朋友？」我問，但其實心裡已有了答案。

　　閨蜜的男友是什麼樣的人，我們這一群朋友都很清楚，甚至也有比較直接的人曾經告訴過她，她身邊那個男人不適合她，但她從來沒有聽進去，甚至規畫著自己與他的未來，一向想像的很美好。

　　而那個男人外表不差，身家條件尚可，但有一點是高手，那就是舌燦蓮花，死的能說成活的，承諾隨口就出抱負永遠遠大，但真要說他成就了自己什麼，那很抱歉，截至目前為止並沒有，甚至還常常換工作，而空窗期就靠女友養。

　　但他嘴上功夫厲害，所以就算如此我這位閨蜜還是愛的死心塌地，所以後來我們一群朋友也就漸漸不再去涉足這兩人的

世界，但今日這一見事情真的是不太對勁，但說句較抱歉的話，其實我還挺為這位閨蜜開心的，因為她的不開心可能來自於她終於睜開了眼睛。

「說好要結婚，每回在討論一些事情時他也都跟我討論得很開心，可是幾年下來我卻發現我們只有在原地踏步，離結婚這條路根本還很遙遠。」閨蜜苦著臉說著自己的煩惱。

「妳要聽實話嗎？」我問。

「說真的我有點怕聽實話，但我覺得自己好像不能再這樣下去了。」閨蜜露出一個苦笑。

「那我就直說了，妳男朋友在我們這群朋友眼中就是一個渣男，占住妳寶貴的青春跟時間卻永遠只在口頭上給妳承諾，而這些承諾他壓根兒不想去施行，因為對他來講說遠比做容易，所以他永遠只願意說不願意做。」既然都到這步田地了，那直話直說就成了唯一途徑。

「是這樣對吧……」閨蜜不禁幽幽嘆了口氣。

「妳真的該好好想想了，到底自己是否真的要繼續花時間在這種人身上，那種只會說說而已的人能給妳什麼未來？」我看著閨蜜語重心長跟她這樣說。

「我明白……」閨蜜的頭垂得很低。

　　動嘴這件事很容易，很多事真的也只需要動嘴就可以達成目的，但在愛情裡如果遇上只會說說而已這種人，那麼就請好好考慮與對方是否有交往下去的必要。

　　如果圖的是一個未來一個永遠，其實我們大家都知道，這絕不是一件說說而已就可以圓滿的事情。

不說苦的人才苦

文：君靈鈴

　　有些人在他人眼中就是一副很辛苦在過日子過生活的模樣，可要是你問他苦不苦，他卻總是笑著說自己不苦。

　　然而實際上他的內心是苦的，只是在很多因素影響下他會認為苦不用說出來又或是苦就苦了，再苦也就這樣了，說出來也沒意義，更甚者是認為苦早已融入生活之中，雖是苦但這個滋味習慣了也就甘之如飴了。

　　就拿市場上的阿萍姨來說吧，她經營著一個小菜攤，每天一大早就要去批菜，早上跑早市下午跑黃昏市場，孩子一個上學一個還小得帶在身邊，每個月租房子的租金、家裡的生活費、公婆的孝親費還有其他不可預知的支出費用都是她很大的負擔，而她卻因為丈夫早逝所以只能靠自己一個人一雙手打拼。

　　但她卻從不喊苦，每天都是笑臉迎人，很多知曉她遭遇的人總是會同情她甚至出言安慰她，但她總是搖搖頭說自己不苦，這世界上還有很多比她更苦的人。

　　還有一個住在阿萍姨家不遠的劉叔，本來與妻子感情甚篤的他想著雖然沒有兒女但是有妻子在身邊兩人牽手走一輩子也就這樣了，但誰知妻子在一場意外中喪生，他的人生頓時由彩色變為黑白，一個人孤苦伶仃的模樣讓人忍不住掬一把同情淚，但他悲傷歸悲傷卻很豁達，說人生在世能嚐得酸甜苦辣是種福氣，雖然心中不捨但他不覺得自己苦。

　　這些有這樣遭遇的人都有著開闊的心胸，其實心裡真苦但仍是堅強面對，這個「苦」字說不說出口對他們而言並不重要，但偏偏就是有些人根本不苦卻老是怨聲載道，說自己很苦，說自己日子快過不下去了，埋怨老天爺不公平才會讓自己這麼苦。

　　但這些人口中所謂的苦很可能只是一件小事不順心，也可能只是一個面試沒通過，更可能是家裡不給錢買奢侈品，這樣的苦在那些真正苦的人面前根本是微不足道的，但這些人從來沒有去理會世間疾苦，而是堅信最苦的人就是自己，自己就是這世界上最悽慘的人。

　　其實人若知足福氣自然會到來，苦盡甘來的前提是心存感恩知足惜福，倘若只是一昧的抱怨卻不知感恩，一昧的妄想卻不付諸行動，一昧的等待他人給予自己卻不付出，那麼甜蜜的結果要到來或許就是個奢望。

磨 合

文：君靈鈴

　　許久不見的朋友一到聚會場地就抱怨，說自己與男友老是在吵架，但說要分開又捨不得，畢竟兩人之間甜蜜的回憶很多，真要分手她做不到，可又不知道怎麼解決老是吵架的窘境。

　　後來在眾人七嘴八舌的詢問下，拼拼湊湊這才得知這位朋友與她男友犯了一個錯誤，才會導致現在的局面。

　　把愛情想的太美好或許是很多人的通病，而老實說在曖昧期或是熱戀期，「愛情」這件事的確很美好，但等這兩個時期過去，如果雙方都有意願要一直走下去，那麼該迎來的不是「你必需百分百配合我」又或是「妳必須無條件接納我」這樣的時期，而是該正式走入「磨合期」。

　　如果有意思要走到最後，對兩個人來說磨合期相當重要，畢竟原本完全陌生的兩個個體戶因為喜歡或愛而走到一起，很多層面肯定是迥異了，不可能百分之百契合，所以如果不磨合，那麼摩擦就會產生，最後導致形同陌路。

　　而在正式走入磨合期後的第一要件就是「溝通」，很多事會產生摩擦產生爭吵都是因為雙方不把話說清楚，就一個人在那裡生悶氣一個人在那裡瞎猜，最後生悶氣的那位更氣了，而瞎猜的那位因為猜不到也跟著火大，然後大吵就此開啟。

　　可是何必這麼累呢？

　　溝通這件事可以應用在很多方面，當然包括在愛情這個圈子裡，很多話如果不拿出來說清楚講明白，那麼誤會永遠也不會解開，事實也永遠深埋海底。

　　或許有人會說，氣都氣死了或是煩都煩死了根本不想溝通，又或是對方很難溝通，妳說東他說西或你說南她說北，別說溝通了，有時候連說話都喘。

　　但請認真想想吧，如果對方真是你（妳）希望陪在身邊走一輩子的人，不跨越「溝通」這個難關，說好的一輩子還走的下去嗎？

　　在氣急敗壞的時候可能真的很難，但人的情緒總有較平復下來的時候，找準時機點來場促膝長談，為了未來一起生活打好溝通的基礎與準備，一次的生疏不代表第二次行不通，第二次還是覺得困難不代表第三次還會失敗。

　　很多事都需要練習，其實溝通也是，因為說出心裡話對很多人來說是件難事，但對於要走一輩子的兩人來說，溝通是必要且必須認真施行的。

　　溝通對於磨合期有很大的幫助，而兩個人在一起更是需要磨合期的滋潤，而不是一直想著愛情很美好，然後又在發現幻滅的時候感到很失望，卻忽略了其實愛情本質還是美好的，但與對方越親密越該注意的事項越多而已。

謝謝背叛

文：君靈鈴

看著眼前神采飛揚自信滿滿的她，實在很難想像在她的過去曾經遭受過幾段不堪回首的愛恨嗔癡。

「除了現任，前幾個前任都給過我不同程度的傷害，我甚至一度認為愛情這兩個字就是讓女性沉淪而男性則是作為工具用來折磨女性的東西。」

她這麼說，嘴角一抹無奈地笑，聽得出她之前被傷的已經不相信愛情。

「但可能也要怪我自己吧，我每回談戀愛總是傾盡自己所有毫無保留，或許是這樣太過直接太過不顧自己只想著愛人的態度，讓對方覺得我就是個傻子吧。」

她繼續說，說著自己的過往和談愛的態度，語氣中有埋怨也有自怨。

「但我覺得雖然背叛我的人有錯，但我自己或許也有不對的地方。」

「太過執著沒有給對方喘息的空間嗎？」

我問她，她遲疑了一下然後挑著眉點頭。

「所以我覺得我很蠢，一次失敗的經驗還不夠居然後頭又重蹈覆轍了幾次，現在回想起來我都覺得自己很可笑，在這麼

多次的失敗與重創之後才知道該怎麼談戀愛，又或者說是才知道自己嘴裡說著愛，但根本不知道怎麼愛。」

　　她笑了，笑著自己，但坦然的眼神卻訴說著她對過往的釋懷，畢竟能夠這樣大剌剌將不堪回首的往事重提，她看來已經放下並將之視為自己的過去。

　　「其實說實話，我還挺感謝那幾段過往的，雖然都是在被背叛或是遭受重創中結束，但我覺得這一路的跌跌撞撞讓我現在變成一個知道怎麼談愛的人，而且我也挺佩服自己居然還有勇氣談愛，並且還仍享受著戀愛的一切。」

　　她嘴裡說著感謝，謝幾個前任也感謝自己的勇敢。

　　這是她的故事，在她眼裡愛情依然美好，但她談情說愛的態度卻已與以往不同，畢竟在幾次的失敗中她知道了愛情的本質雖然美好，但若是太過添油加醋不懂找尋兩人之間的平衡點，只是一昧付出並想加上過多的佐料，只會導致失敗的下場而已。

　　愛人不難，談戀愛也不難，愛情也依然美好，只是在這看似簡單的圓圈中，如何讓圓圈不變形不逐漸成為兩條平行線卻是一門很艱深的課題，畢竟本是兩個完全不同的個體，就算幸運的相當契合也難保不會在某個時候發生摩擦，而這時候該怎麼處理該怎麼磨合就是重點了。

　　然而，她懂了，所以她現在幸福了。

轉換的愛

文：君靈鈴

「我覺得我老公不愛我了。」

「為什麼？」

「他每天都只忙著工作，放假在家也只是睡覺，根本不管我死活。」

「但這可能是因為他平時太忙，難得休假就想休息吧。」

「可是他怎麼不想想平時我們已經沒什麼時間相處了，假日總該一起出去走走吧？」

以上是一對姊妹淘的對話，很顯然 A 認為老公已經忘記愛她陪伴她而 B 認為情有可原，那麼情況到底是如何呢？

情況是 A 的老公為了實現當初結婚前給 A 的承諾，想要建立一個安穩的生活環境，還有為了未來可能會有的孩子打造舒適的家，所以很努力在打拼，但是 A 因為寂寞忘記了這一點，只執著在老公已經不像以前常常陪她這件事上。

其實人都怕寂寞，尤其是在婚後如果遇上這樣的情況，很多女性朋友就會胡思亂想，認為愛不在了或甚至懷疑丈夫外頭有別的女人。

這是人之常情，不過 A 的情況不是如此，而 A 的情況也是有些女性朋友的寫照，她們因為婚前婚後的情況變化太大而

充滿疑問，甚至認為當初就不該結婚，因為這樣至少兩人就可以一直甜蜜下去，不會有孤單寂寞的問題。

可事實真是這樣嗎？

真能甜蜜不管其他只管彼此就這樣黏著過一輩子的夫妻或許是有，但並不多見，很多時候會遇上許多現實狀況，逼迫著不得不改變生活型態或是相處方式，很多人會因此開始猜忌疑問，總想著為什麼婚後的生活跟自己想像的不一樣。

其實，怎麼會一樣呢？

本來是兩個獨立的個體，就算談戀愛但也還有各自的家，但結婚後兩人不只有各自的家還有兩個共同的家，不管是男方或女方，身上疊加上來的重量早已跟婚前不同。

不管是男主外女主內還是女主外男主內，又或是雙薪家庭都一樣，當因愛而結合的兩人走入婚姻的殿堂就代表從此之後相繫的兩人必須為彼此負責，還要為可能迎來或已經迎來的下一代做準備或給予更多。

但愛就因此不在了嗎？

不，其實該想想「愛不是消失而是轉換了」，愛的本質在與 A 相同情況中的婚姻生活中沒有改變，改變的是型態，因為彼此身分的轉換導致。

　　所以有時候多點溝通多點包容多點安慰多點溫暖是必須的，倘若不然只會導致冷戰爭吵謾罵到最後走到無法收拾的地步。

　　有時候別因為一時孤單就胡思亂想，因為有時候分離的最大主因就是因為如此。

反　抗

文：君靈鈴

　　雖說不是一定，但女性給人的印象總是比較偏於會在愛情上較義無反顧，有時為了愛可以什麼都不顧，只執著於愛情而忘了所有，甚至在面對父母的反對時產生反抗的心態進而展現在行為與言語上的衝撞。

　　「女兒，媽媽跟妳說，那個男人不行！」

　　「哪裡不行？他對我很好！」

　　「沒有工作、態度輕浮還吃妳的喝妳的用妳的，這樣叫很好？」

　　「他說了他會努力去找工作，現在這樣只是暫時的！」

　　「暫時？都一年多了還暫時嗎？」

　　「媽，妳不要管！」

　　一個甩頭一個甩門，女孩兒不聽母親的勸也不管母親在後著急想追，一股腦兒就往自己與男友的愛巢衝，而回到租處之後抱著男友抱怨，說自己媽媽就是煩，老是說他的不是讓她很不開心所以決定反抗到底！

　　上述這種案例其實不少，真實情況雖各有千秋但骨子裡大抵是大同小異，反正就是為了愛什麼都不管也因為愛蒙蔽了所

有感官及雙眼，看不見也聽不到父母心中的擔憂跟殷殷叮囑是為了什麼。

這樣類似的情況很多都是等到發現男方真的是個吃軟飯的又或是劈腿時，真正被傷透心的那人才會知道原來父母的叮囑與勸說是有原因的，因為人生經歷就是要經過歲月磨練才會累積，而有些經驗很抱歉就是需要失敗來輔佐才會得到升級。

可有時傷心是可以避免的，只要選擇別那麼一意孤行，聽聽他人的意見或許就會有不一樣的結果。

談戀愛是很美好，但在美好的背後隱藏著什麼也是在談戀愛時該挖掘出來的癥結點，尤其是當兩人可能已有共識要共度一生，那麼除了兩人之間的情感交流之外，周遭的問題也是該注意的一個環節。

嫁給愛情或許真的很幸福，但如果除了愛情之外要克服的問題點多如牛毛，是否真的要說 I DO 就真需要認真思考一下，否則到最後可能就會走上令人心碎的結果。

純粹的愛情就像一鍋清湯，喝起來甘甜宜人，但我們都無法確定何時有他人會在這鍋清湯加入令人難以接受的調味料，所以如果有人出手制止我們再繼續傻傻地喝下一口又一口，那請別第一反應就急著反抗，而是冷靜下來思考一下，為什麼這隻阻止的手會出現。

　　事出必有因，就算再愛也要多為自己想想，而不是一昧的
奉獻付出最後換來讓人覺得糟心的下場。

癒合的傷痕

文：君靈鈴

很多人都曾經在愛情中受傷，那種心理直接影響生理的難受只有嘗過那種滋味的人才懂。

每天以淚洗面悼念逝去的愛情、每天捫心自問自己是哪裡錯了、每天看著牆壁想著過往的點點滴滴，一切的一切都不自覺成為一道道傷痕，深刻地烙印在心靈深處。

也是在這種時候會有一個念頭浮現，會想著自己是否會從此就走不出來了，心上那些傷痕是否再也癒合不了。

所以忘記了該怎麼笑該怎麼讓自己好過些，每天面對的都是一片陰霾，想撥雲見日卻總是提不起勁，甚至還有就此孤老一生也就罷了這種念頭。

但是請別忘了，傷痕總有一天會癒合的，癒合的時機點單看各人，但不諱言最好的治療方法就是遇上真正對的人。

雖說真愛難尋，想遇到對的人有些人認為並不容易，也有些人覺得自己對談情說愛這件事已經累了倦了，但愛情那般美好，何必早早輕言放棄？

只要在以往的傷痕裡尋找成長的課題，或許就會發現其實造成那些傷痕的人一開始就不是對的人，只是我們在對方營造的氣氛中淪陷的太快太深，導致自己傷痕累累。

　　真正適合自己的人不一定會在第一時間出現，很多時候得經過時間的淬鍊與歲月的流逝那個人才會出現，而這樣的情況也不完全是因為那個人就是命定的人，而是我們在時間與歲月的淬鍊跟流逝中成熟了，發現了自己原來需要的根本是與原本想像完全不同類型的人。

　　當高標準的外貌漸漸不是擇偶的唯一準則，隨之而來的可能就是一段美好的姻緣。

　　以前總聽有人這樣說，說另一半得沉魚落雁或風流倜儻，不管如何就是要帶出門有面子，至於其他條件沒多思考，但空有外表卻毫無內在的人就真是適合自己的人了嗎？

　　不盡然吧？

　　個性與自己契合及有一顆善於包容體貼的心應該是比美麗或帥氣的外表更為重要，因為個性才是兩人是否能走下去的關鍵，而傷痕累累的心很多時候也是需要遇上能溫暖人心的人才能得到痊癒的機會。

　　如果能遇上真正對自己好又體貼的人，這是種福氣，也會在這時候發現原來一直以為無法癒合的傷痕，其實已經悄悄復原了。

　　在愛情中受傷其實不可怕，最讓人擔心的其實是在痛苦的海洋的不斷浮沉卻不願意上岸，但如果願意給自己一次機會就

會發現，其實岸邊站著的那個想拉自己一把的人，或許才是最好的呢！

別拒絕重新開始

文：君靈鈴

　　看著小雨一臉堅決宣告自己不要再談戀愛，幾位好友大抵都明白她是被前幾任傷的太深所以對愛情失去了信心與希望，也沒了「下一個會更好」這種念頭，想著就自己過日子也是不錯的選擇。

　　但一陣子之後的再次聚會，小雨嘴上雖還說著自己很好，可期間眼神卻不經意停留在不遠處一桌舉止親暱的情侶上，但好友們沒有戳破她，只是妳看我我看妳，明白小雨內心深處對愛情還是有憧憬，只是她害怕再受到傷害而已。

　　這時的小雨心裡是很矛盾的，這種矛盾令她糾結，內心就像抓不到平衡的天秤不斷擺盪，戀愛還談或是不談對她而言是一個困難的選擇。

　　她覺得寂寞覺得孤單，所以渴望愛情，但前頭的傷害至今仍歷歷在目，她也就遲遲無法再放開自己，說服自己接受再一次愛情來襲。

　　因為她無法預知新的愛情來襲會是美好還是又一次的風暴，這樣的心態讓她停滯不前，總是看著感情甚篤的情侶出神，想著為什麼自己的戀情會是那樣的結果而別人卻是滿臉幸福。

　　後來又隔了一陣子，覺得小雨的情況比之前好些了的其中一位好友才敢與小雨談論到這類話題。

「雨，我覺得妳談起戀愛太過不顧一切也沒有思考對方是不是真的適合妳。」好友如此說道。

「是這樣嗎？」小雨微微偏頭思考著。

「就是！而且妳都學不乖，前一個不 OK 妳下一個又是差不多的類型，妳有發現嗎？」好友點出問題癥結點。

「我有這樣嗎？」小雨自己似乎完全沒發現。

「有！所以妳沒發現妳一直被同一類的男人傷害嗎？就是好看但很渣的那種！」換言之就是有種明知山有虎偏向虎山行的感覺。

「呃……」小雨頓時無言以對。

人喜歡看好看的人事物是很正常的事，但在愛情中除了外表之外，雙方的個性是否契合還有對方的品行如何也是很需要注意的一環，只有外表優越個性卻渣到極致的男人是連理都不需要理會的類型。

學會用心去看人才會遇到真正適合自己的人，而當遇上真正適合自己的人時，就開敞開心胸接受，請別因為之前的苦痛而忘了愛情美好的真諦。

　　重新開始任何時候都可以，只要開放自己狹窄的目光，用心去感受每一個相遇，就會發現美好其實並不難尋，端看自己要或不要或是說願不願意而已。

徬徨時請與自己周旋

文：君靈鈴

　　可能有些人不知道，有時候我們會產生煩惱或不安感導致自己好似徘徊在人生的十字路口這件事其實是自找的。

　　人是一種會自尋煩惱的動物，有時候煩的是人際關係、收入，有時候煩的是愛情、親情，也有時候感到困擾的是感覺茫茫然的未來。

　　這都是人之常情，如果上述這些問題都不足以構成煩惱，那麼此人的人生也太過順遂且完美，但這可能性很低很低，幾乎可以說是沒有。

　　至於一旦煩惱產生了徬徨感會持續多久這個問題又因人而異，有些人可能一天就解決了，有些人可能花了幾個月幾年才想通，而更有人終其一生都被同一個問題困擾著直到逝去。

　　可能有人會說何必如此為難自己，有些事此法不通換個法子不就行了，但對於很容易為難自己的人來說，這樣的話太過輕巧草率，因為他們認為很多問題如果不思考周全很容易衍生其他的問題。

　　其實這些說法都對，沒有人有權利去影響他人的個人意志，但必須說有些人真的鑽牛角尖太過，把自己逼到一個他人都看不下去的絕境，而事實上把他煩惱的事件攤開來看會發現，大抵只有四個字，那就是「他想太多」。

　　很容易想太多的人就很容易陷入自困的情境裡，可能明明事情沒那麼嚴重，但他會想很多，想到很多幾乎不可能發生的衍生事件，然後把自己嚇個半死，又或者在需要做抉擇的時候猶豫不前，覺得 A 選項不好 B 選項也不好，有人好心給了 C 選項他又覺得還是不好，就這樣一直在某個點上徘徊不前，然後把自己煩個半死。

　　而這樣的情況要解決癥結點還是在於自己，因為是他自己把自己困住了，不是他人惹的禍，徬徨無措讓這些人心驚膽顫，卻不明白其實在這種時候應該靜下心來好好跟自己對話周旋，好讓自己逃脫自設的窘境。

　　很多時候其實只要這麼做，窘境就會瞬間解除，凡事都想太多想太雜想做得過度完美只會讓自己感到疲累不堪，而且對現況也不會有任何幫助，甚至有時候還會因為過於拖延而錯過了更好的機會。

　　應該有聽過「放過自己」這句話吧？

　　這裡的意思絕對不是要人放棄經營自己的人生及未來，而是要人學會適度放鬆，遇到自困的情況應該學會走出來而不是一直深陷其中無法自拔。

　　學會跟自己周旋也學會勸自己放鬆會對很多事有幫助，很多事只要自己想通了就沒什麼困難度了。

人生在世，有時真的不需要太為難自己，更甚者應該多愛自己一點才是。

迷 失

文：君靈鈴

外號櫻桃的 OL 是個初入社會的新鮮人，她自小被保護得很好，一直到大學畢業出社會了才算是真正接觸了真實世界。

當然在這樣的情況下她感覺自己對一切都懵懵懂懂，但幸好她雖然算是朵溫室的花朵可卻沒有驕氣，所以一切也都還算順利，可她作夢也想不到自己會在愛情上栽了大跟斗。

因為她遇到了一個讓她迷失一切的人，這個人名叫阿驥。

阿驥是她公司合作企業的員工，兩家企業本就常有往來而櫻桃所屬的部分正是負責對外接洽的部門，至於阿驥就是對方企業跑外務的人員之一，面對外表帥氣又健談的阿驥，被阿驥看上的櫻桃很快的就陷入了阿驥的掌握之中。

他們開始交往，而阿驥輕車熟路的甜言蜜語讓櫻桃根本招架不了，不只迷失在阿驥所編織的情網中，而且還迷失在自己幻想的未來中。

雖然有好幾個人告訴她，阿驥不會是個好對象，甚至有人更直言阿驥是個玩咖，跟他玩玩可以，但如果是選要走一輩子的對象，那阿驥根本不應該列入考慮。

可是櫻桃聽不進去，她覺得阿驥就是她的全世界，而她要跟他一起構築屬於他們的未來，一個很甜蜜很幸福的未來，當

然還有幾個寶寶來陪伴，這是她跟阿驥在一起後日漸茁壯的幻想。

很明顯的，櫻桃迷失在愛情中，而且情況很嚴重，而很多時候當希望越大，失望來臨時打擊也越大，所以最後知道阿驥是個劈腿能手的櫻桃崩潰了，最終花了三年才慢慢走出陰霾，卻從此對愛情沒了期待，想著自己一個人也能很好。

這是櫻桃的故事，相信也不是個案，畢竟有些人就連他們自己都不知道為什麼只要一談感情就會昏頭，本來耳根子很軟的人突然變得很硬，本來對是非對錯很有一套的人也開始分辨不清到底誰是誰非，就放任自己在情感的漩渦中翻滾，甚至他人遞來救命枝都不願意伸手去抓。

也許愛情真的容易讓人迷失，這一點說不準挺多人都認同的，畢竟有人說過在談情說愛之時要保持理性其實有一定的難度，因為美好的感覺縈繞在胸口，誰也不想去往壞處想，總是要等到腐敗的一面浮現了才會開始猶豫是否該刀一揮斬斷一切。

甜言蜜語是很悅耳，與對方一起構築未來藍圖也很美好，但倘若甜言蜜語只是一層包裹毒藥的糖衣，而未來藍圖只是敷衍的畫大餅，那麼盡早讓自己清醒過來便是最好的辦法。

有時候不是醒不過來，只是看自己要不要醒而已。

粉紅色的夢幻女人

文：曼殊

女人的衣櫥裡是不是都該有一件夢幻氣質的粉紅色蕾絲紗質洋裝呢？

走在路上，一身黑衣已經成了很多人的時尚穿著，曾幾何時，蕾絲洋裝變成了一種穿衣風格，但不再主導流行，女人穿著也愈來愈中性。

寬肩膀的西裝，配上俐落剪裁線條的西褲，顏色也大多以黑灰藍白為主。

我問過服裝店的店員，為什麼你們的衣服大多是黑色和白色呢？那麼多黑褲子和白襯衫，她回答我一句：「設計師喜歡黑色呀！」

那時的我，竟忘了，為什麼自己喜歡買這家店的衣服呢？還有很多服飾店可以逛呀！如果想要買色彩繽紛的衣服，大可以到東區的服裝店買。

休閒服和上班族穿的衣服占了大部分，洋裝變得很少，尤其買不到一件粉紅色洋裝，帶有蕾絲邊的那種款式，一穿上，彷彿回到七十年代的復古。

現代人吃喜酒也不像傳統那樣，一定要穿鮮豔帶喜氣的衣服，一件襯衫一件裙子就可以出席喜宴，很多人時興穿這樣。

　　但我的母親卻不這麼認為，她一向告訴我，女人要有女人的樣子，老是穿這麼暗色，這麼中性，一點女人味都沒有。

　　母親卻忘了，我已經不再是少女了，而我也認為粉紅色不適合中年女人，所以買衣時一向跳過粉紅色和鮮豔色彩的衣褲。

　　以前的我是這樣子。

　　自從迷上大陸武俠劇和仙俠劇之後，我由書本的世界掉進了一處繁華似錦的花花大千世界之後，竟影響了我的色彩觀。

　　我不再覺得粉紅色俗氣，或者蕾絲薄紗洋裝簡直是洋娃娃才會穿的想法，我學會欣賞了另一種穿衣風格，或者每種色彩搭配的美麗來。

　　一位工作上往來的朋友告訴我：「由穿衣色彩也可以看出生活過得是否太單調？」這句話令我聽了相當不好意思，我那天穿的是白色上衣配黑褲子，但腳上是一雙亮色漆皮的拉丁舞鞋，應該不至於過於樸素吧！

　　直到現在，我開始愛上粉紅色，從粉紅色毛衣到薄紗襯衫，一直到買了生平第一件粉紅蕾絲紗質洋裝之後，母親一看見我穿上這件洋裝，竟然樂得眉開眼笑說：「這件洋裝很好看啊！為什麼不多買幾件這種衣服呢？」

我說：「以前的我不覺得這種衣服好看，教我怎麼買得下去呢？」

不過，這件粉紅色蕾絲洋裝，我只穿過一次，那天突然的心血來潮時，換上不同服裝，代表不同的心情，輕鬆愉快的感覺包圍著我一整天。

但隔天再看這件衣服時，我卻又感到，這件洋裝有點過時，有點俗氣，我又回復到從前挑選衣服的眼光了。

如果，街上穿這種洋裝的人變多了的話，很多女人都穿上這種類型的衣服的話，那麼就代表了流行，當你看習慣了之後，潛意識裡也會不自主的跟著買了一件這種衣服。

要穿一件復古衣出門，有時還真得需要點勇氣呢！

走在前衛時尚的台北街頭，有時這麼一件粉紅衣蕾絲夢幻的洋裝，是不是代表著老氣和古板呢？

以前的我是這麼認為，現在的我卻可以跳脫主流穿衣風格，試試不一樣的顏色和復古款式，來挑戰一下所謂的主流審美觀吧！

逛　街

文：曼殊

　　二天後的一場會晤，令我開始不安起來，不安的原因在於，我不知道那天要穿什麼衣服去會談？

　　還未在衣櫥裡翻箱倒櫃的找衣褲搭配，我就等不及到市區最熱鬧最時髦的街道去買衣服了。

　　許久未逛街了，猶記年輕時候，每逢周末，總愛湧到鬧區去逛街買衣服，逛得每條街道的衣帽店再熟悉不過了，即使單價上千元，仍買得毫不猶疑，現在回想起來，年輕人都是這樣的，愛打扮、愛花錢、追求名牌，不愛上班、不愛早起、不愛做家事。

　　猶記童年時，每逢過年時節，母親照例會帶我們小孩到鄰近最熱鬧的小鎮去買衣穿，一人一年一套新衣，小鎮賣衣服的店家集中在市場內，我們幾個兄弟姊妹跟著母親，逛遍市場內所有服裝店，一一挑選，試穿過後，每個小孩都買到自己喜歡的衣服，母親才騎著美速樂牌子的摩托車，載我們回家。

　　買衣服時，大家七嘴八舌討論，年紀雖小，但對買衣服已經很有主見的我，堅持不買母親看中為我挑選的白洋裝，後面綁蝴蝶結的那種款式，但後來，實在看來看去，總沒有中意的衣服買時，才勉為其難的接受母親的建議，胡亂買了一件自己不喜歡的衣服，穿了幾次以後，很多衣服就堆在衣櫃內，再沒有穿出門了。

　　過段時間，總要清衣櫃的，把較少穿式樣又老舊的衣服送人，或丟棄，現在想想，實在覺得浪費。

　　成長後，愈來愈少往鬧區逛街了，只在偶爾有必要時，才出門去買工作時要穿的衣服，通常都是有正式場合吃飯用時穿的，尤其過段時間，覺得自己缺少打扮，流露出老土的氣息時，我就會狠下心來，買幾件新行頭，打扮打扮漂亮。

　　商圈裡的衣飾店，款式新又精緻，偶爾迎面而來的女性，得體時髦的穿搭，顯露出時尚品味感時，忍不住眼光在她們身上多注視了幾秒，我也開始一間一間店的逛下去，希望找到合意的衣服。

　　剛開始逛的第一間店是路邊攤，不能試穿，依我的買衣經驗，不能試穿的衣褲，絕對不要買，路邊攤常常賣些看起來時髦新穎又便宜好穿搭的款式，令人衝動購買，但仔細看時，往往縫線差，正式場合不太能穿出門，顯得沒有質感，往前逛去，發現店舖賣的衣，尺寸齊全，款式又多，更衣室前更擠滿了試衣的人潮，價錢只比路邊攤稍微貴了幾百塊，但衣褲的剪裁顯得有質感，又可以試穿，試穿後往往發現，衣服看起來美觀，穿在身上，往往不見得好看，試穿實在是買衣時重要的一樣功課，勉強買了不喜歡的衣服，事後往往後悔，放在衣櫃裡很少穿出門，又變成浪費。

　　長久累積起來的買衣經驗，買時，總會考慮許久，比如這件衣服要搭那件褲子？褲子和衣服買了之後，又要搭那雙鞋子好呢？年紀愈長，愈懂得挑選了。

　　商圈的店員包容力都十分好，試穿好幾件衣褲之後，即使不買也不會給壞臉色，記得民國七十年代，買衣服時都不太敢試穿，那時的店員，往往還充當客戶買衣的顧問，常常推薦款式給客戶，試穿後沒買，往往擺張臭臉孔給客戶瞧，那時台灣的服務業還未發達起來，店員的素質不太好。

　　到了八十年代後，服裝店的經營風格也變了，店員只負責整理衣服，客戶進了服裝店後，自顧自的挑選、試衣，除非客戶自己詢問之外，店員絕不干涉客戶挑衣。

　　逛街，變成市區裡的人打發時間的娛樂了，尤其懂得搭配衣服的人，看起來總是給人充滿品味的感覺。

　　培養穿搭美感，不妨多逛逛街吧！

大約在冬季

文：曼殊

　　凌晨時分，我搭上台鐵往桃園的第一輛火車南下，清晨五點多的火車站是孤寂的，寥寥人影，街道上都是拉下鐵捲門的商店。

　　到站，跳下火車的瞬間，我腦海裡突然浮現出一首久遠的流行歌曲，那是一首別離的思鄉情歌，大概是寫著鄉下少年往都市工作發展，待在故鄉的情人，等待著情郎歸來的思念之情。

　　雖然現在是夏季，這首歌的背景是冬季，我卻感到歌曲寫出的意境，已經跳脫了季節環境的限制，只要搭上火車，我就會想到在車站道別的情景，尤其是異鄉歸來的遊子，回到故鄉時的感動。

　　曾經我以為台北是異鄉，但待久了，習慣了之後，回到故鄉時，我卻充滿了陌生感，台北已經成了我第二個家，回到故鄉時，我只充滿了年少時的回憶，但我在台北卻累積了許多成年時的生活和工作回憶，曾經我也執著於年少時光的單純美好，總想以為回到故鄉，就能回到從前；但我卻是只能將那段回憶埋藏在心底了，我再也找不到原來的感覺和感動了，那段歲月其實已經過去了，我也該學著放下。

　　分隔兩地的情侶，感情往往禁不起時空分隔的考驗，其實也是人之常情，尤其待在繁華的市區久了，生活習性和步調不

太能跟住在鄉村的人一致，此時就出現了差異化，而這差異化如果不能適時彌補好，情人也會變成陌路人啊！

感情生變，變心的一方往往會受到世人責難的眼光，但世事本無常，如果執著於這段過往累積培養起來的感情，而捨不得放手，在一起卻又無法回到從前的兩情相悅，那麼倒不如不要再留戀，選擇分手，未嘗不是件好事。

這首大約在冬季歌詞寫出：「你問我何時歸故里，我也輕聲的問自己，不知在此時，不知在何時，我想大約會是在冬季。」

雖然我沒有分離的戀人，但當這首歌響起時，我就會記起電影情節裡的一幕，兩人分手的情景，女主角王祖賢站在車廂門旁邊，哭的肝腸寸斷，男主角齊秦卻在窗外看著火車慢慢的遠離，而太陽正緩緩的要下山，一抹斜陽映照在晚風中。

這首歌沒有什麼驚人的語句，也沒有什麼優美的詞藻，但不知為什麼在我跳下火車時，腦中卻驀然浮現出這部電影這首歌。

那天，離開火車站時，我也一路緩緩的輕唱著：「輕輕地我將離開你，請將眼角的淚拭去，漫漫長夜裡，未來日子裡，親愛的你別為我哭泣……。」

而我也像感染了女主角那份分手時刻的錐心之痛。

昨日的憂傷

文：曼殊

今早陽光如此明媚，我似乎已忘了昨日的憂傷。

日覆一日重覆的過日子，有時候我甚至覺得平靜平淡的過一輩子，沒有什麼壞事發生就好，但我又怎能向上天企求什麼呢？有時希望擁有什麼，老天爺卻偏偏不滿足人之所慾。

能夠少慾無所求，也許事情會變得平順許多了，每天踏踏實實的活著，付出多少，得到多少。

昨日的我似乎活在一份偏激的絕望之中，受到外在環境與人互動產生的影響，有時候我似乎失去了自己的想法，必需傾聽別人的意見與建議，來修正過於主觀的自我。

凡世間事物，只要得到一樣，相對地必定也會失去一樣，得失之間的衡量與取捨，往往涉及了當事人的價值觀。

有人喜歡汲汲營營賺錢，傾向功利主義；有人生活步調悠閒，傾向自然主義；有人重視別人的評價，有人重視自己快樂就好……。

處在團體生活裡，我往往迷失了自我，雖然不能說不夠合群，但團體意識卻壓迫著個人的自由意志了，有時候，我更喜歡一個人獨處時的自在無拘束。

雖然我也慣常傾聽別人的煩惱，幫忙提出意見，但碰到自己有煩惱和心事時，卻選擇自己吸收這些煩悶的事情，大概是

我凡事想得開、放得下的緣故，碰到什麼難關，自己忍耐一下就過去了，也因此養成堅毅的性格。

相對地看到有的人，那麼依賴別人生活，有時候，我會用自己的觀點去解讀別人的行為，認為他們像寄生蟲一樣的活著，甚至高傲的鄙視他們的行為，所以我也常常受到他們的反撲，大概言行之中，無意之間得罪了別人，而自己還渾然未知呢！

年紀漸長，我慢慢學會了圓融的看待世間萬物，萬事萬物都有其存在的價值與意義，每個人都有他們獨特性的地方，必須學會包容與自己不一樣的人，不能如此主觀與好惡分明的對待不一樣的人。

但坦白講，學會包容與寬恕是用來應付人而已，以個人直覺觀感，實在是「道不同不相為謀」，朋友相交還是必須意氣相投，才能長長久久。

就像久遠以前，參加一場教會舉辦的盛宴，卻當場被眾人逼迫要受洗，那天我被一群人瘋狂地圍著，把我整個人浸在泡澡桶內，我因為配合團體行為喪失了自己的想法，受洗之後，我反而再也不去教會了，因為我覺得受到壓迫，我覺得非自願受洗，而且我沒有那麼愛耶穌，那段時間我只是因為有多餘的時間，剛好碰到教友宣教，我抱著好奇心去參加看看罷了。

　　無論如何，人生總是由一些快樂與不快樂的事組合而成，隨著事過境遷，所有的不愉快往事，如今朝明媚的陽光一樣，沖淡了昨日或久遠的憂傷。

姐妹淘情誼

文：曼殊

　　成長過程中，每個女人一定會在職場上或同學之間，找到同性之間的友誼，唸書時候叫死黨，各自成家立業之後，就變成了分享生活大小事的姐妹淘了。

　　姐妹淘之間的情誼，存在著一種微妙的緊張關係，求學時候難免互相比較，誰的課業較好，誰長得比較漂亮；雖然存在著分享的心情，但也存在著互相暗中較勁的意味。

　　以致於，有的姐妹淘不太敢講自己家中的醜事，出來聚會時，總是不忘透露家庭和樂的一面，夫妻怎麼恩愛，孩子怎麼頑皮，就是不會說出內心真正的感覺；也有的姐妹淘喜歡吐苦水，告訴我們婆媳之間的問題。

　　姐妹淘貼心的一點就是落難時絕對義氣相挺，加上好言勸導，也許充當人生失意時的打氣筒，尤其可以一起逛街、吃飯、談天說地。

　　同窗情誼結識的死黨，沒有涉及利益之交，純粹的吃喝玩樂陪伴著成長，出了社會之後，偶爾參加舉辦的同學會，日子久了，這樣的聚會也變得一年比一年的少了，感覺時間沖淡了彼此之間的情誼，能分享的永遠是那段年輕時候求學的經歷，看見他們，猶如又回到了純真的學生時代。

　　雖然時間和現實無情，但往日情懷卻是一份烙在心底難逝的永遠印痕。

女人的聚會之談，經常圍繞著家庭和孩子，未免婆婆媽媽了一些，又或者談論不出什麼氣壯山河、家國大事般的議題。

一位男老師曾在課堂上發表他的高見，認為人生在世除了能找幾個好友閒話家常之外，最重要的一點還在於能找出共同為事業發展產生的夥伴。

但大部分的姐妹淘情誼卻是始終只停留在閒話家常的功能上，女人向來卻是像在事業上缺少抱負般，大部分只希望家庭和樂或夫妻恩愛、孩子聽話就好。

已經結婚的女人和單身的女人結交的姐妹，往往不太一樣，尤其單身女人比較注重內在心靈，比較注重個人生活，也比較有時間安排自己的人生，單身女人結交的姐妹淘，往往比較喜歡談論工作上的成就感，或者享受於自己所感趣的事物上，也比較有時間投入社會公益。

有時候，我難免會將女人之間的情誼，和男人之間的情誼，做一番比較，男人關心的事，向來和女人不太一樣，兄弟情和姊妹淘也是兩碼子事，男人為了兄弟情可以棄妻兒不顧，姊妹淘卻往往為了家庭犧牲友情。

中國自古以來就有「重男輕女」的觀念，我想女人就是長期受到這份對待，才會衍生出以家庭和樂為重，而不以個人生命價值自由為追求目標，活在這份社會約定俗成的體系下，女

人的姐妹淘情誼，往往就像一本輕小說一樣，可以翻翻看看，打發無聊時間，可是有時想想，似乎也不是那麼重要般的存在。

紅樓夢裡的女人

文：曼殊

　　性格造就命運，《紅樓夢》裡的女人，每個人都有獨特的個性，也因此成就了不一樣的人生。

　　紅樓夢裡的黛玉，作者將她塑造成一位像水晶般玲瓏剔透的女性，黛玉才情高，性格卻多疑敏感，時而刻薄人，經常感嘆自己無父無母，身世飄零，即使外祖母疼愛有加，在她心裡卻始終欠缺一份真正感到安全感的愛，成日只活在自己的小天地中，不問家族閒事，因此被認為扛不起責任。

　　活出另一番模樣的薛寶釵，懂事明理，又熱於助人，凡事精明能幹，幫助家中生意，為家族利益打算，很早就學會如何在現實中生活，由於她擅於理家的能力，終究討得大家族長輩的歡心，在林黛玉與薛寶釵之中，選了薛寶釵做為賈寶玉的終身伴侶。

　　儘管賈寶玉愛的是林黛玉，迫於現實無奈之下，與薛寶釵成親。

　　如果說情感上的勝利者是林黛玉，但以世俗成功的眼光來看，薛寶釵卻成了人生勝利組，林黛玉很早就染病死了。

　　紅樓夢裡的另一位探春，既沒有林黛玉那麼的柔弱，也沒有薛寶釵那麼的實際，作者將她塑造成兼具理性與感性，德才兼具的人物，既不欺善也不怕惡，

對待下人也是賞罰分明，恩威並濟，因此成了一流的管理人才，最終嫁了一位如意郎君，林語堂在評論紅樓夢時，認為探春是紅樓夢的所有女人之中，過得最幸福的一位，我想也是人物性格招致的命運吧！

真的，有時候我們也不知道會遇到什麼不如意之事，如果像黛玉那樣小心眼，成天唉聲嘆氣，恐怕也惹人怨，未免太多愁善感；如果像薛寶釵那樣成天只管柴米油鹽，卻未免太不懂風花雪月了一點；如果像探春一樣，可以兼顧夢想與現實，性格討人喜愛，最終贏得人心。

紅樓夢裡為人作妾的丫嬛平兒，活在正室鳳姐的善妒和紈綺公子賈璉的淫威之下，善盡委曲求全之能事，但卻是一位心地仁慈寬和的女人，對待鳳姐忠誠，對待賈璉賢德，也博得大家族各路人馬的敬重，鳳姐過世之後，賈璉將她扶為正室，但奈何賈府已家道中落。

鳳姐因為善妒，難忍賈璉再三風流，還施了詭計害死賈璉外頭的女人，由於做了這件缺德事，作者透過劇情安排，死去的冤魂向鳳姐索命，最後得了個不得善終的下場。

人生在世，情關和錢關堪稱二大難關，任何一關都考驗著一個人生存的智慧和能力，如果不知如何面對之時，不妨想想看，妳希望有什麼樣的結果呢？

　　如果希望有好結果，那麼千萬不要種壞因，一切自然就有答案了。

深夜不回家

文：曼殊

夜比白晝更綺麗、豐實、光燦，空虛反倒引來滿天繁星。

午夜十二點過後的台北街道，異常沉靜的氣息，一片無盡的黑，一點燈光，人車俱無，深秋微寒的涼風灌進我薄薄的黑夾克內，有點寒冷，從大稻埕一路走到台北車站，今晚我得在麥當勞過夜。

報名新竹青山宮遶境的臨時工作，一整天我們在新竹市區好像亂走一般，在大街小巷穿梭著，遶境的工作人員很多，大概有一百多人左右，每個人分配不同的工作，拉著一台四輪小推車，宮廟傳統刺繡花紋上面，寫著「國泰民安　風調雨順　青山宮」的大招牌，每走一段路，我們就休息幾分鐘，有時候走一個多鐘頭才休息，休息的時候，我們就坐在路邊，這時候我感到自己好像在發呆一樣。

安排在我前面拉車的那位女士，顯然非常不耐煩，每過幾分鐘就問我，不知道要走到什麼時候，有時候我也懶得理她，她才識相的閉嘴；在我後面的女士，年紀較大，她經常遶境，關心地問我：「會不會累呢？」我回答她：「還好。」

那天陽光不烈，天氣有點陰暗，但也許有可能隨時會下雨的樣子，我們穿著簡便的休閒衣褲，長長一串隊伍，浩浩蕩蕩地走到深夜十二點，大概走了十個鐘頭左右，遶境工作才結束。

　　雖然走了一整天，但休息了半個鐘頭左右，我好像又恢復了一點精神，手和腿的痠痛卻持續了一陣子。

　　載滿了十幾個工作人員的小貨車，從新竹回到台北，在黑暗的後車廂內，我們都因為疲倦而沉默著，大約凌晨一點左右，我們才回到台北。

　　從未試過深夜仍在街頭遊蕩的我，發現在台北車站附近還在營業的場所，只剩下網咖和麥當勞而已，網咖客滿，麥當勞大約有五成左右的人，我點了一杯蜂蜜紅茶，坐在靠窗邊的位置上，準備待到天亮，再搭車回家。

　　從此我就愛上夜的感覺，深夜完全沒有白天的喧鬧吵雜，當所有的人和車，都不再街頭出現時，我似乎更能感受到風的氣息！

　　凌晨三點到五點時分，麥當勞裡的人，似乎陷入昏睡當中，很少有人談話聊天，有人趴在桌上睡覺，有人坐著打盹，我也不知道為什麼這麼多人深夜不回家？

　　硬塑膠椅坐得我屁股發疼，雖然一整晚沒睡，我卻不太覺得累。

我家後院

文：曼殊

　　每年的三月，後院桃樹長滿了小小的野桃子，桃樹旁邊還長著一棵木瓜樹，除了這兩棵果樹之外，還種著許多盆栽，其中梔子樹長得最高大，花開之時，仔細湊近一聞，可聞到淡淡的花香·地上爬滿了地瓜葉·佛手瓜翠綠色的葉片纏繞著瓜棚·棚底下十分陰涼，我經常從後院進屋。

　　鮮黃色的金苞花開得最好，幾乎一年四季都可以欣賞到它美麗的姿態，金苞花的外觀很特別，花瓣不像一般花呈水平形狀的盛開，花瓣帶點心型狀像根垂直的小圓柱，兩三根白色花蕊從花身上向外投射而出。

　　除了金苞花之外·花期長也很好種植的盆栽·還有九重葛·兩三棵紫紅色的九重葛就種在鐵籬笆外，其它還有十多種·大大小小我叫不出花名的盆栽·布滿了整個後院·雖然面積不大，但後院成了我最喜歡的地方。

　　幾年前的夏天，後院種著小黃瓜，那段時間我比較有空，早起在瓜棚底下找成熟的小黃瓜，一天最高可以摘到五條小黃瓜，我把它們切成立體小四方形狀，加上一點素肉排片、紅蘿蔔，做成素滷醬，麵條煮熟，淋上就成了一碗乾麵。

　　可惜的是，不久之後，小黃瓜染了病，只好忍痛剷除。

　　當年我家由台南移居到台北，不知不覺間已經過了三十年的光陰，而幾乎在外面租屋住了二十多年時間的我，在四十二歲那年，因為生了一場病，才回到家中，與家人同住。

　　剛開始搬回家時，非常的不習慣，我每天往外跑，回到家中十分不開心，後院就成了我解悶時的小地方，可惜地方很小，只能待十分鐘左右的時間，這時我往往懷念台南鄉下的庭院。

　　台南鄉下的庭院，爺爺奶奶種了很多菜，有高麗菜、茄子、韭菜、四季豆、絲瓜，國小時候我就在庭院種喇叭花、菊花，每天下課回家照顧庭院，就成了我的工作。

　　喜歡養盆栽的台北人，很希望可以有一小塊地種種綠色的植物，但大部分的人只能把它們種在陽台上，空氣污染加上通風不良的關係，這些盆栽往往活不久。

　　住在城市的人，很喜歡鄉下地方，尤其可以遠離令人討厭的高樓大廈時，他們也會立即收拾行李，離開市區，到別的地方渡假去。

年節避難記

文：曼殊

　　節日對我而言，向來是一年中最難捱的日子，尤其過年最令我頭疼，小時候拿幾百元紅包，長大了得給一萬多元紅包，給了紅包錢我年假就無法旅行散心。

　　雖然想著旅行，但礙於為人子女的責任，終究忍下心中的慾望，掏出血汗錢包紅包給父母，圓桌吃年夜飯時，也是表面親熱，常常希望聚餐快點結束，但是父母和兄弟姊妹與我的個性相差甚大，他們喜歡年夜飯吃三個鐘頭，但我在吃了半個鐘頭左右就打算離開，這時往往惹來他們怨懟的眼光。

　　一年之中的幾個大節日，像端午節、中秋節、清明節，按照中國人的習俗，如果沒有闔家團聚在一起，往往被冠上不孝順的頭銜。成年後的我，住在外面多年，與父母兄弟姊妹感情十分淡薄，平常沒見面倒好，但到了這些節日來臨的前夕，我的母親和兄長，三番兩頭的打電話給我，規勸我要回家團聚，他們十分思念我之類的話，即使內心不情願回家，又得按捺住心中的想法，返家團聚，回到家中看見他們，實在難以令我快活。

　　忘了是那一年的過年，我打定主意，不回家過節，用紅包錢到清境農場、日月潭度假幾天，花了六千元，當時身為上班族的我，只有過年才有機會到外地度假，包紅包給父母的話，我就沒有度假的錢了。

記得第一回看見綿羊，就在清境農場內，伴著一大片青青草原，藍天非常地藍，山上涼風十分清爽，我在山頭上散步了好幾個鐘頭，過年期間遊客很多，度假山莊內也住滿了人。

每一年的過年都一樣，唯獨在清境農場過年的那一年，經常停留在我腦海裡，每一年的過年，我都想可以像那樣的逃難去旅行，不過，也僅止那一次而已，往後的年節，似乎我只是慣性地回到家中，短暫地與家人聚在一起，之後，各自過自己的日子。

年節對我而言，簡直成了一年之中，大不幸的日子啊！

「每逢佳節倍思親」這種古話，可能不適合用在我這種現代人的身上吧！

合歡樹

文：曼殊

合歡花，比我想像的還要快枯萎，不到三個鐘頭的時間，由原本充滿水分蓬勃的花瓣捲成一團癱軟的在書桌上。

六月經過公園時，淡粉色細細長長，軟軟柔柔如一根根毛毯般的花瓣，垂掛在樹枝間，幾乎每分鐘都有好幾朵花從樹上落下，掉在草地上，將草地粧點得十分好看。

我將看了一半的《湖濱散記》，放在書桌上，兩邊散落著我從公園裡撿回來的合歡花，書桌上同時還放著幾本不同類型的書，像看了幾頁的《老殘遊記》，金庸的武俠小說裡，看到張無忌大戰各大門派的高手，並揭發這些名門正派間的醜行，還有一本葡萄酒的書，這本書寫得比較亂，內容看過之後，我大半沒什麼印象，有時候我只翻翻圖片而已，最令我印象深刻的那頁（已經摺起來了），寫著：「雖然啤酒很爽快，但有時也會想喝葡萄酒。」

台北市區內，種有合歡花的公園不多（大概是我活動範圍不夠廣泛吧！），除了碧湖公園之外，還有一處樂活公園，樂活公園裡只有四、五棵，碧湖公園約有七、八棵左右。

合歡花十分美麗，它的外形也相當特別，花期只有短短的一個多月時間，每年的夏天就是它的花期。

合歡花也有藥用價值，它綠色的小葉一到夜晚就閉合，中醫認為它有治療心神不安、憂鬱失眠、活血消腫的功效……。雖

說如此，我長這麼大，還從未吃過有合歡花製成的中藥呢！據說將乾燥好的花蕾放入杯中，加入清水大約兩三分鐘之後，就可以服用了。

它的花朵很美麗，但散發的香味很淡，聞起來帶有樹皮和青草的味道，台灣不是它的原產地，主要產地在澳洲、非洲、中亞和東亞，除了粉紅色之外，金黃色的金合歡品種，也是澳洲的國花。

書桌上灑滿了粉紅色的合歡花，好像買了一束美麗的花束般，粧點著室內空間，一整天下來，我竟覺得今日似乎比往常般，更令人心情舒適愉悅了。

咖啡貓與我

文：曼殊

一整天咖啡都在睡覺，尤其下雨天睡得更香，據我觀察，咖啡最近的食量變少，每天不怎麼餵它，它也不太會吵了，前幾天它又將貓飼料吐了一地，我遂決定餓它幾天。

今天我有點氣憤，它竟然睡在我常坐的那張布沙發椅上，帶著沾著泥水的貓腳印，直接睡個四腳朝天，偶爾更換睡姿，變成側睡。

下午突然下了場大雨，空氣變得涼爽許多，我在室內磨蹭著，一會兒看書，一會兒掃地，一會兒踱到戶外看滴滴答答的雨，落在馬路上，也就沒怎麼注意貓在做什麼。

我在電腦桌前寫東西時，腳下突然被一團毛毛的東西摩嗦著，我低頭一看，不知何時，咖啡貓已從椅子上跑到我腳邊，喵喵叫了兩聲，這時候我也知道，該是餵它吃東西的時間了。

我謹慎地從貓飼料罐裡，大約抓了二十顆左右的小餅乾，放在圓形的食器內，咖啡立即飛奔上來，興奮地整張貓臉都像要舔乾小餅一樣，我放下手中的工作，翻閱 2013 年的舊筆記本。

那段時間，我住桃園鄉下養病，曾騎著腳踏車從鶯歌一路找房子，找到桃園，找了一個月左右，總算找到一間看起來還算滿意的房子，可惜的是，事前我不知道房子會漏水，房東人品不太好，以致住了一年之後，又回到台北家中居住。

當時的我，就像這隻咖啡貓一樣，每天都陷入昏睡當中，鎮日放著西洋古典音樂，重覆聽著十二首大提琴曲、石進鋼琴曲，下午太陽快下山的時候，我就騎單車騎遠一點，有時候順著馬路，騎到市中心，在那裡吃完晚餐之後再回家。

不知怎的，我覺得住在桃園鄉下那一年，時間過得特別快，事後回想起，彷彿像三個月的時間那麼的短。回到居住空間如此緊密的台北市區後，我總懷念起鄉下那一大片青青的草原，以及太陽快下山時，那顆橘紅色圓圓的落日，晚上星月特別亮，夏天到了，空氣也很涼爽，我躺在大理石椅上，不小心睡到半夜，還會感到發冷呢！

我望著咖啡貓又回到它的布沙發上，繼續昏睡，我想它那身毛髮，加上台北悶熱的氣候，不知道會不會睡到一半，竟冒出了一身熱汗呢！

我覺得咖啡貓，還是比較喜歡在外面遊盪，在餓了的時候，才會回到屋內吧！

遊碧湖

文：曼殊

接近夏至時分，天氣逐漸的悶熱起來，雖然如此，我仍然習慣只吹電風扇，有時候半夜常被熱醒，流了一身汗，這時候，我往往起床，到化粧間用毛巾擦擦汗，坐在臥室外面的涼椅上，望著後院的盆栽，靜坐一會兒之後，特別能感到夜深人靜的氣息。

清晨四點多，我就準備出門，騎著單車到戶外散散心，此時街上人車稀少，天有點微亮，空氣比白天好多了，由於晚餐沒吃，一大早我就感到肚子有點餓，沿著內湖成功路往大直前行，馬路上彷彿只剩下我一個人，騎了半個鐘頭左右，一家賣燒餅油條的早餐店吸引了我的目光，停下車，隨手買了一杯紅茶、燒餅、饅頭，準備待會天亮時，到碧湖公園野餐。

湖邊白千層樹下，幾隻野鴨在綠色草地上緩步而行，阿勃勒澄黃色的花朵飄垂，幾位老人在樹下打拳聊天，大花紫葳在一片綠林中顯得格外秀麗，沿著湖邊散步，見垂釣者靜默地安守一方，彷若柳宗元〈江雪〉中：「孤舟簑笠翁　獨釣寒江雪。」般的與世隔絕。

坐在草地上，喝了幾口紅茶，倚在樹下乘涼，湖面靜止無波，湖邊的風浹著水氣，似乎較涼爽，四周圍著小小的青山，登山步道入口處也開始有人在爬山。

　　碧湖公園內常見的野鳥，大部分是夜鷺和鴿子，夜鷺有一個好聽的別稱，叫「星鴉」，圓圓的紅眼睛，翅膀為白色羽毛，背部及頭部為藍色，淺黃色的鳥爪，身形比鴿子還高瘦一些，是四處可見的留鳥。

　　留鳥一年四季都生活在一個地區，覓食時也大都在附近的區域找食物，因留鳥的翅膀短而圓，而無法產生足夠的推力，飛行的速度也不快。

　　候鳥則能一次飛行幾百到幾千公里。

　　雖然沒有多餘的閒錢四處旅行，但得空時，我往往喜歡在市區內到處晃盪，找尋不同美麗的景點，老實講，住在台北將近三十年的我，竟然還是生平第一次遊碧湖公園呢！

　　將近九點時候，太陽開始露臉，天氣變得炎熱多了，也就在此時，我騎著那輛老舊的單車，一路沿著大馬路騎車回家。

　　晨起運動的效果，竟讓我一整天都充滿了活力，似乎比平時更顯得有精神，那美麗的湖景，還留在我心上，久久未曾忘懷。

主廚的創意料理試驗

文：曼殊

　　首先在這份餐點的命名上，就顯得有點難度，因為有雙主食，雙主食下面鋪了香椿炒飯，雙主食（一樣是加了烤肉醬灑白芝麻的曼余排，一樣是糖醋排骨或客家辣小炒），這幾樣主食與香椿炒飯的口感並不太搭調。

　　主廚小弟想研發新料理，名稱暫且命名為「超豪華雙主食香椿飯」。

　　我用手機拍下料理的外觀，炒飯上面先放著兩朵綠色的花椰菜，外加一條小玉米根，三塊曼余排在右邊，糖醋鳳梨排骨排在右邊，中間放著兩條紅椒和黃椒，放在圓形黑餐盒內，整體還頗美感。

　　我建議小弟，雙主食和素香鬆下面配白飯，花椰菜、玉米根、紅黃椒照舊，這樣吃起來味道就很好了；至於香椿炒飯則單獨吃，這道炒飯深受歡迎，即使冷掉，仍舊美味。

　　這間位於湖畔的中式素食餐廳，環境優美，原本的經營者是屋主，小弟在這間原名「無憂素食」的餐廳，當了六年主廚，後來頂下這間店，自己經營，未料營運方上軌道，竟碰到了武漢肺炎，餐廳禁止內用，只能外帶。

　　五星級飯店及許多餐廳經營者，紛紛在此時推出各式外帶便當，小弟也跟風推出三款手作精緻便當，口味有日式和風曼余、泰式打拋朱、江蘇糖醋排骨，一道主食加上六樣配菜，小

弟大喊便當利潤低，又很耗人力，尤其還必須親自外送，時間成本相當昂貴。

所以小弟一直在想，如何推出創意料理來取代賣便當，而我就成了他試驗新料理過程中的一位試吃者。

從前的我，喜歡吃外食，近年來飲食習慣變了不少，偶爾也會自己下廚，深感懶得自己做菜的人很多，尤其周休二日時，大量人潮湧進餐廳吃飯，這時小弟得從上午九點忙到下午三點過後，才能休息，足足要勞動六個小時左右，有時我會抽空到餐廳幫忙。

經過試吃之後，我認為日式和風曼余可以加入香椿炒飯搭配吃，至於糖醋排骨口感酸甜，客家小炒鹹辣，適合配白飯吃。

但小弟認為客戶比較不愛吃白飯，如果將炒飯味道調淡些，再搭配雙主食的話，更有賣點，我想了想也認為，這樣搭配也挺不壞！

至於名稱暫且稱為「雙丼香椿曼余飯」和「雙丼糖醋鳳炒飯」。

雲雀飛翔（一）

文：曼殊

　　合歡花葉已然枯萎，卻仍散發著香氣，我把它舖在草帽內，上面墊了數張衛生紙，又放了幾朵乾燥的千日紅花，看起來像個小鳥巢的樣子。

　　這隻小麻雀呆立在大馬路邊，身旁還停著一輛轎車，車輪僅離牠數公分之遙，星期日的下午，因氣候十分涼爽，我騎單車往內溝溪親山步道散心，從郊區回來，經過市區那條十分吵嘈的大馬路時，發現了這隻麻雀。

　　我停下車，發現牠的右腳受了傷，我把牠抓在手掌心裡，放到路邊，心想也許一會兒牠就會飛走，但我仔細觀察後，認為牠可能暫時失去飛翔能力，我把牠放在單車前面的置物籃內，帶牠回家。

　　立秋時分即將來臨的前一個禮拜，我正忙著學電腦的美術排版，為了畫出一朵葉片，在電腦圖檔內找了半天，也找不到心目中那朵理想中的葉片形狀，於是我用鉛筆素描功能，在螢幕上，畫出像幸運草般的三朵葉子，葉梗的尾端畫上小圓形點。

　　深夜學美編之時，這隻小麻雀安穩地瞇著眼，蹲在小鳥巢內，我還從未如此近距離地看過麻雀，牠圓滾滾的頭顱一直不停地顫抖著，看起來像是在睡夢中，傷口疼痛的樣子，我試著餵牠喝水，又拿白米餵牠，牠卻什麼都不肯吃。

　　第二天早上，我買咖啡回來時，用指頭沾了水，湊近牠唇邊，像水滴般的水注入牠的嘴內，牠忽然精神一振，連續喝了好幾口水後，鼓動著翅膀，振翅一飛，從桌上飛到地板上，這時我家那隻原本一向溫馴的咖啡貓，忽地往前一撲，伸出銳利的貓爪，眼看即將要撲向小麻雀時，我忍不住大叫一聲，並往前制止咖啡貓的惡行，往貓頭打了一下，抓起麻雀，告誡咖啡貓，不許傷害牠。

　　整個早上，這兩隻貓不停地在我四周打轉，以往的我還覺得貓喜歡挨在我身邊撒嬌，自從照顧了這隻小麻雀後，我深怕牠從我掌心飛走，稍一不留意，隨時可能被咖啡貓吃掉或咬傷。

　　我也希望這隻可愛的小麻雀，傷口早點痊癒，我將帶著牠到市區公園的草地上放生，看牠與夥伴們，快樂地展翅高飛，或者在林間草地上跳躍、覓食。

　　每天清晨，那一連串清脆的啾啾鳥叫聲，有時令我想起一首久遠的古典音樂，曲名為「雲雀飛翔」，開頭一連串的跳躍音符，彷彿像林中鳥兒輕快跳動的樣子，而那種鳥，就像這隻麻雀一樣的輕巧，隨處可見。

雨中餵鳥（二）

文：曼殊

　　下過雨的濕草地上，鳥兒鼓動著翅膀於林間穿越，纖細的腳丫子不停的在草地上跳動著，一啄一跳在地上覓食。

　　有的鳥兒啄了半天，什麼也沒吃到，這連日來的陣雨，不知是否令林間食物變少了呢？

　　我拎著早餐吃剩的饅頭，坐在台階上，將饅頭捏成細碎的小塊，放在掌心中，等捏成十幾片小饅頭細片時，再往空地上灑去，這時許多鳥兒紛紛飛到我眼前，不斷地搶食著碎饅頭片。

　　前日撿到的那隻受傷的小麻雀，放生到大湖公園，隔天開始下了幾日的大雨，我掛念著那隻麻雀，即使下雨的清晨，仍騎著單車到公園，在那棵大樹下找尋牠的蹤跡。

　　但，樹下那塊草地上，什麼也沒有，那隻小麻雀不曉得是飛走了，或者是被野貓狗叼走了呢？我有點失望地回家了。

　　隔天到公園散步時，忽然興起餵鳥的想法，我買了兩個饅頭，一個是我的早餐，另一個白饅頭給公園的鳥吃。

　　餵鳥時，先是體型較大的鴿子、白頭翁、八哥、金背鳩跑到空地上啄食，小麻雀只敢遠遠待在一旁觀望著，大鳥一轉身或稍不注意時，小麻雀才敢上前啄食著饅頭。

　　我本是為著餵麻雀而來，不料饅頭都被鴿子吃完了，我想了想，將饅頭分兩次灑，方向也分成左右兩邊，朝左邊灑時，

鴿子馬上飛來吃，我趁鴿子啄食時，又往右邊麻雀聚集的地方灑了一把過去，這樣一來，小麻雀也吃得到饅頭了。

我一邊灑饅頭餵食，太陽早已昇起在東邊，我也開始覺得全身熾熱起來，但饅頭還有大半塊沒餵完，人類的一小顆饅頭，竟可以分給數十隻鳥吃食；從此以後，我就染上了偶爾餵鳥的習慣，尤其在下過雨的清晨，特別會掛念著那些在草地上四處找不到食物的鳥兒們。

連日來的大雨，南部豪雨成災，造成農損，可以吃得食物變少了，我在公園散了一會兒步，沒料到立秋時分，仍有少部分的合歡花散落在公園內，合歡花的花期與樹齡有關，樹齡愈高，花期愈長，掉落於地的粉色合歡花，香氣飄散在步道中，盛開的花香味像攪了蜜糖般的芬芳。

今年台北的夏天，雨水十分稀少，立秋時分，開始下了一點雨，不知為何，我總覺得似乎在快要乾旱時，常忽然地就下了幾場大雨，讓我們不會有缺水的不便。

而，下雨天，我常常不自覺地會哼著一些懷舊歌曲，一邊騎單車，四處在雨中漫步，或者在街上閒晃，即使被雨淋得滿身濕，我仍覺得，雨天特別地詩意與浪漫。

往後雨天來臨時，我又多了一項餵鳥的嗜好。

國家圖書館出版品預行編目資料

女人隨筆 / 君靈鈴、曼殊　合著. —初版.—
臺中市：天空數位圖書　2021.09
　　面：14.8*21 公分
　　ISBN：978-986-5575-59-5（平裝）

863.55　　　　　　　　　　　　　110014762

書　　　　名：女人隨筆
發　行　人：蔡秀美
出　版　者：天空數位圖書有限公司
作　　　者：君靈鈴、曼殊
編　　　審：此木有限公司
製 作 公 司：恩希有限公司
封 面 設 計：許思庭
美 工 設 計：設計組
版 面 編 輯：採編組
出 版 日 期：2021 年 09 月（初版）
銀 行 名 稱：合作金庫銀行南台中分行
銀 行 帳 戶：天空數位圖書有限公司
銀 行 帳 號：006-1070717811498
郵 政 帳 戶：天空數位圖書有限公司
劃 撥 帳 號：22670142
定　　　價：新台幣 260 元整

電子書發明專利第　I　306564　號

紙本書編輯印刷：
電子書編輯製作：
天空數位圖書公司 E-mail：familysky@familysky.com.tw　http://www.familysky.com.tw/
地址：40255台中市南區忠明南路787號30F國王大樓　Tel：04-22623893　Fax：04-22623863

Family Sky